My present Blue

Michiko Aoyama & U-ku

contents

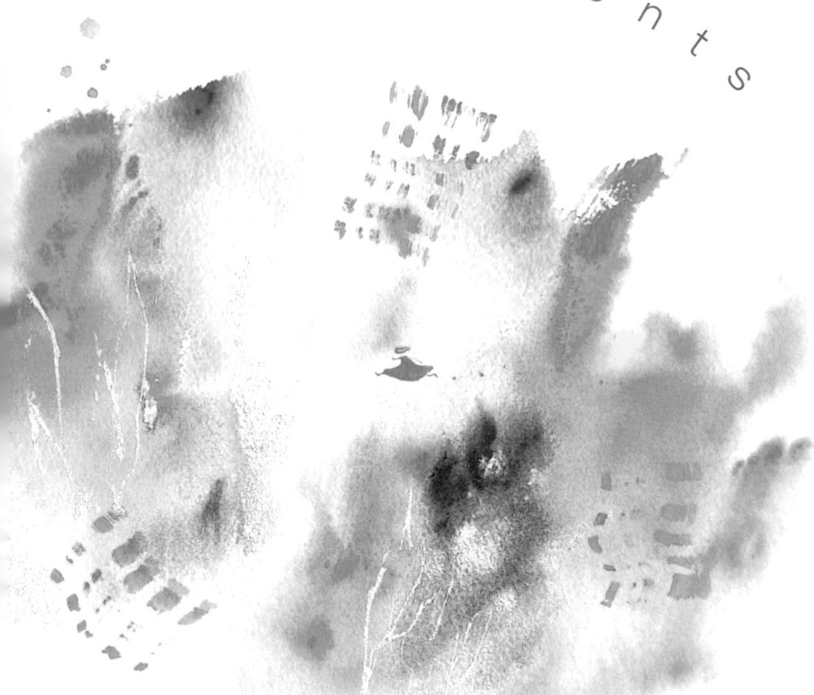

回想那些日子

給在既遠又近未來的你……

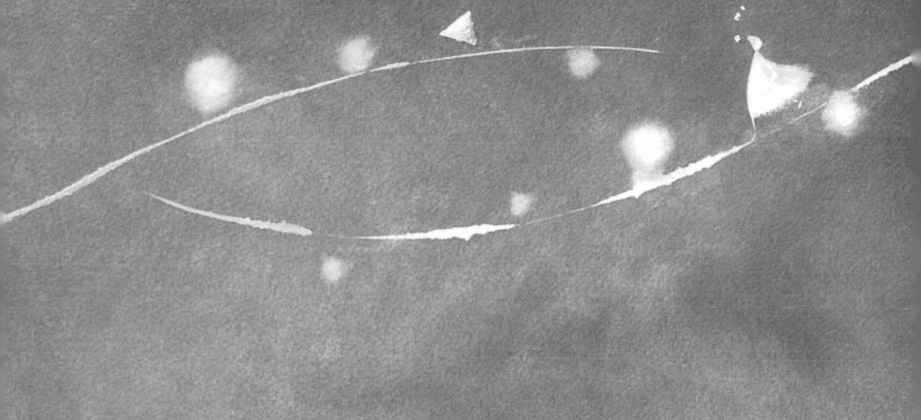

因為我相信，只要我開口，你絕對會聽我說。
所以，即使什麼都不說也能放心待在這。

這份心情不用取什麼名字也沒關係吧。

這樣的時光，使我安詳平靜，通透清澄，
彷彿氣泡，和你一起喝的蘇打水的氣泡。

心情就只是安詳平靜

夢做得愈大，想像就愈天馬行空。
心想，絕對要實現這個夢想。

幾度的失敗。
幾度的挫折。
幾度的猜疑。
幾度的恥辱。
幾度的憔悴。

或許已經不行了，這麼想的時候，
反而會對自己施展「一定沒問題」的魔法咒語。

然而，也不知為何，
當出現預料之外的發展或運氣，眼看夢想就要實現時，
我又會有點膽怯，駐足不前。

眼前發生的事，是真的嗎？

終究還是握緊拳頭，告訴自己「一定沒問題」。
懷抱了那麼長那麼長一段時間的夢想，
一定會成為更長更長的現實。

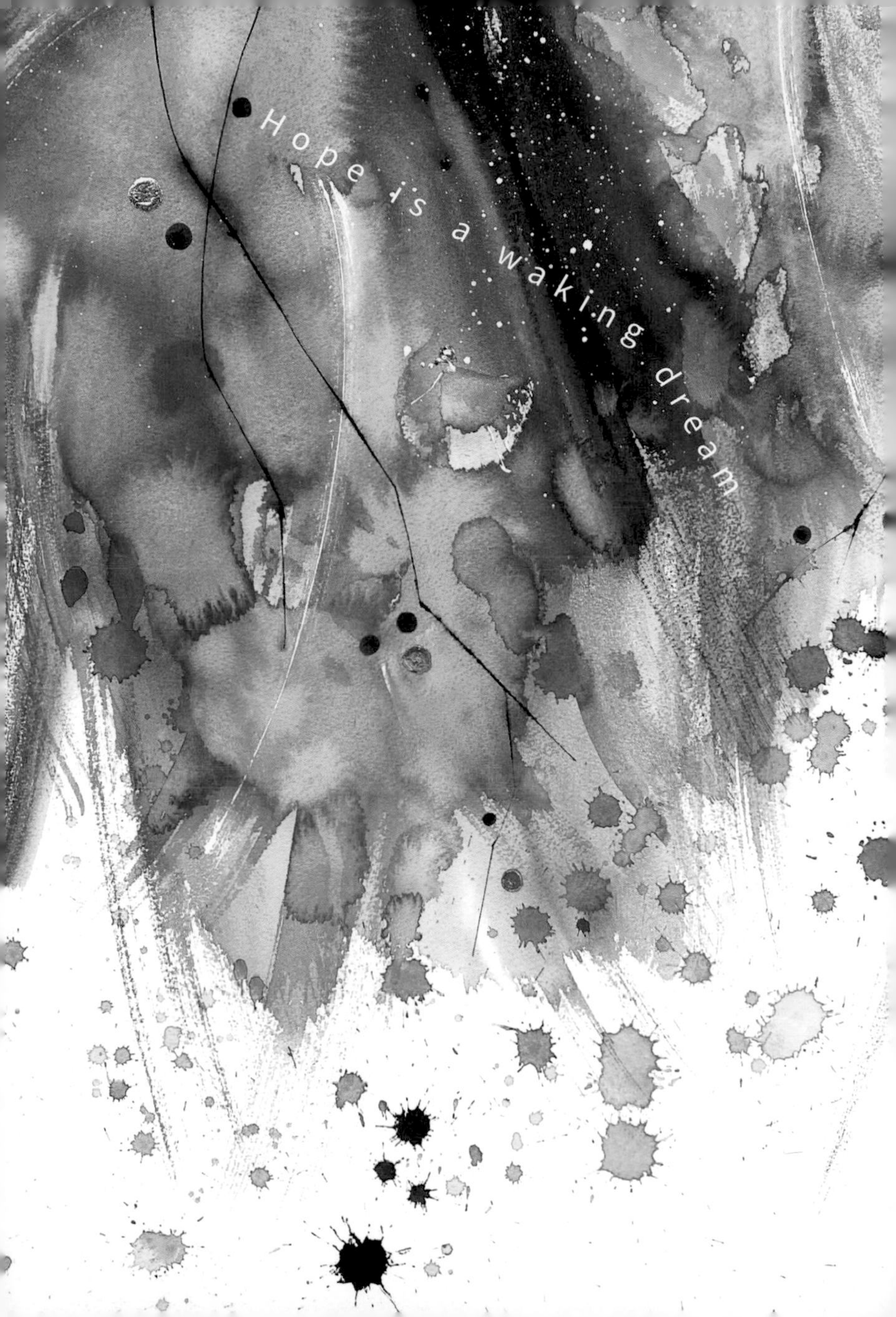
Hope is a waking dream

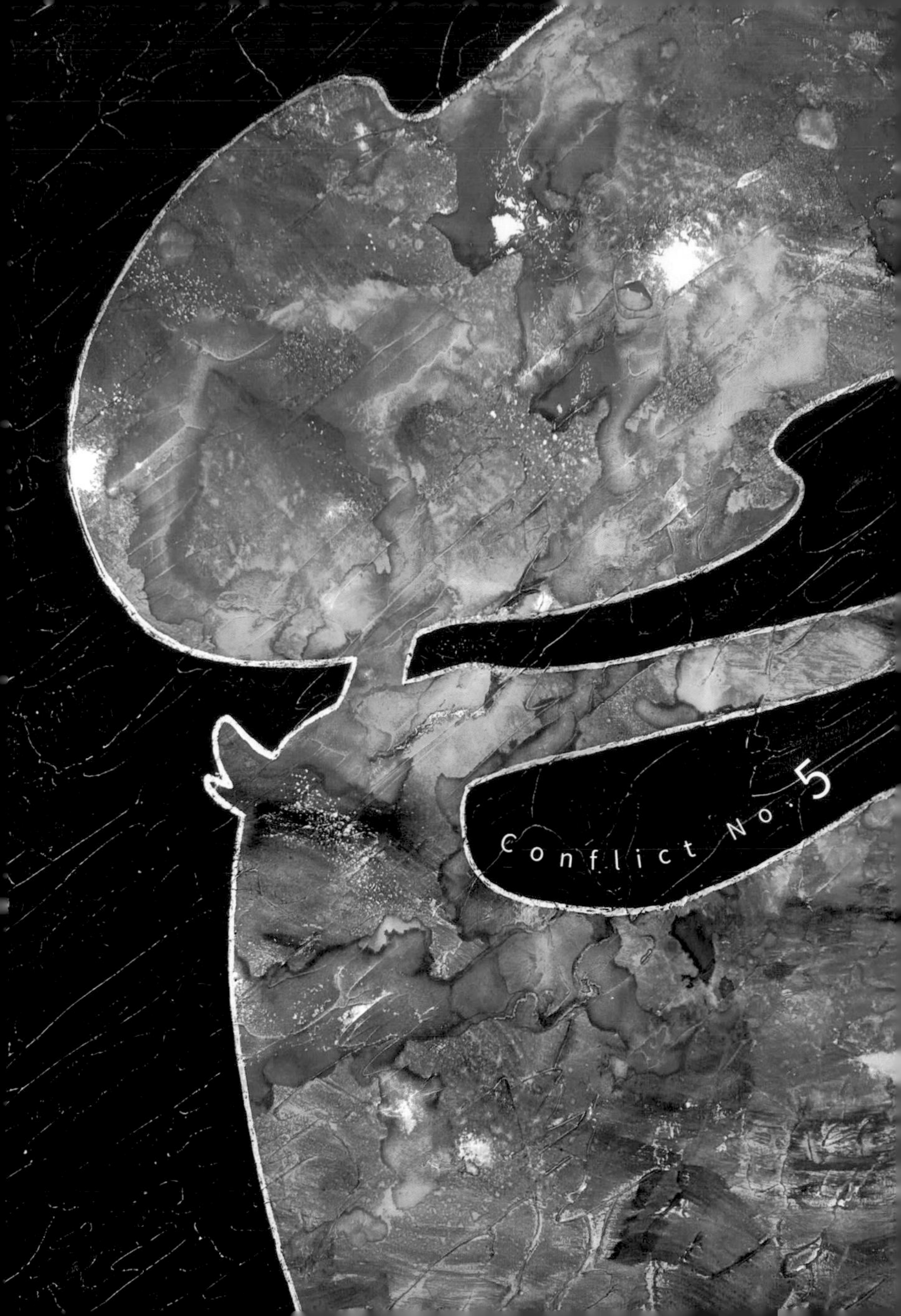
Conflict No.5

在黑暗中也能飛翔，是因為得到了金鎧甲。

再也不為討誰歡心而讓自己疲憊。

fountain

還算不上是約會啦。
儘管這麼告訴自己，試圖冷靜一點，
兩個人約定時間碰面，一起度過接下來的一天，
這或許仍該說是約會吧。

明明比約定時間早到許多，
抵達時，你已坐在噴水池邊。
咧嘴一笑：「來得真早！」

那毫無心機的笑容太奸詐了，無人能敵。

從下往上，
從上往下，
迸散又落下，
彷彿噴泉湧現的心情難以壓抑。

唉唉，真討厭。
這不是喜歡上你了嗎。

閉上眼睛自由地

只要閉上眼睛，哪都去得了喔。
這麼告訴我的是那個人。
「不去看無謂的東西，
就沒什麼好怕了，不是嗎？」
他笑得像張輕薄的吸墨紙。

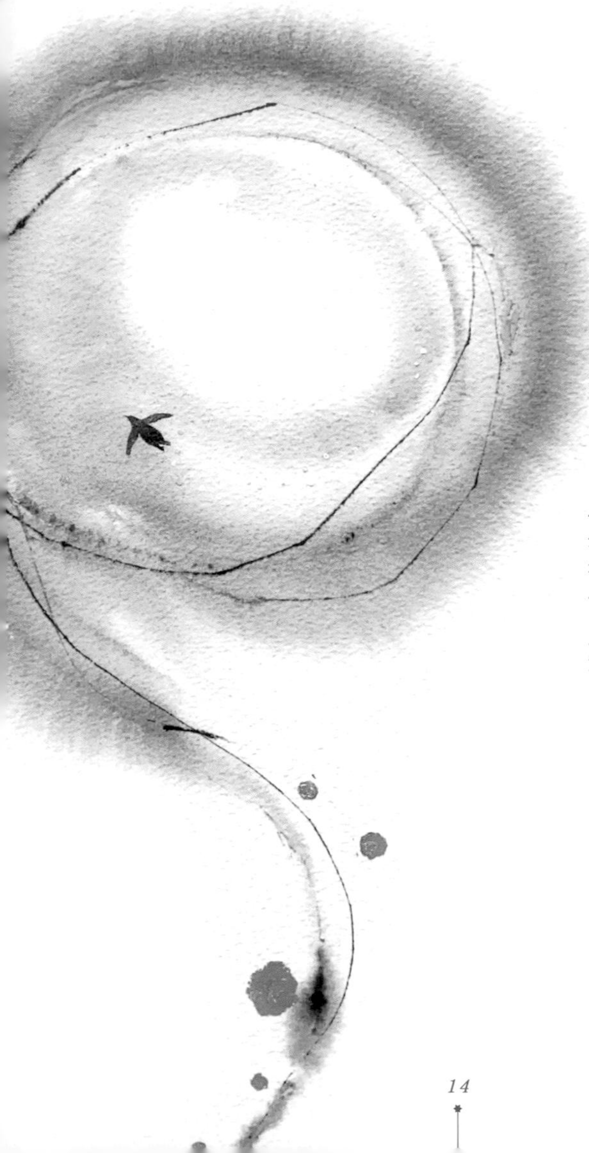

我這人愛講大道理，覺得那人說的話簡直隨便到了極點，
或許還曾皺眉暗忖「那樣不是太危險了嗎」。

可是，那個人說得沒錯。
我老是把目光集中在無謂的事物上。
那些無意義地威脅我，毫不客氣逼迫我的東西，
不知消磨掉我寶貴的人生多少價值。

閉上眼睛。
悠游於透明的想像之中，露出得意的笑容，呵呵。
只要隨著本能漂流，相信一定能朝光亮處浮出水面。
反正，在這個無邊無際的廣闊世界裡，本來就不可能事事順心。

過去流了太多眼淚，今後要更常更常笑。
為了追上跑得飛快的心，全力奔馳。

放眼望去，那裡是一片深青。
加油聲中，我加快速度。
朝向光，跑得上氣不接下氣。

朝向光

跑得上氣不接下氣

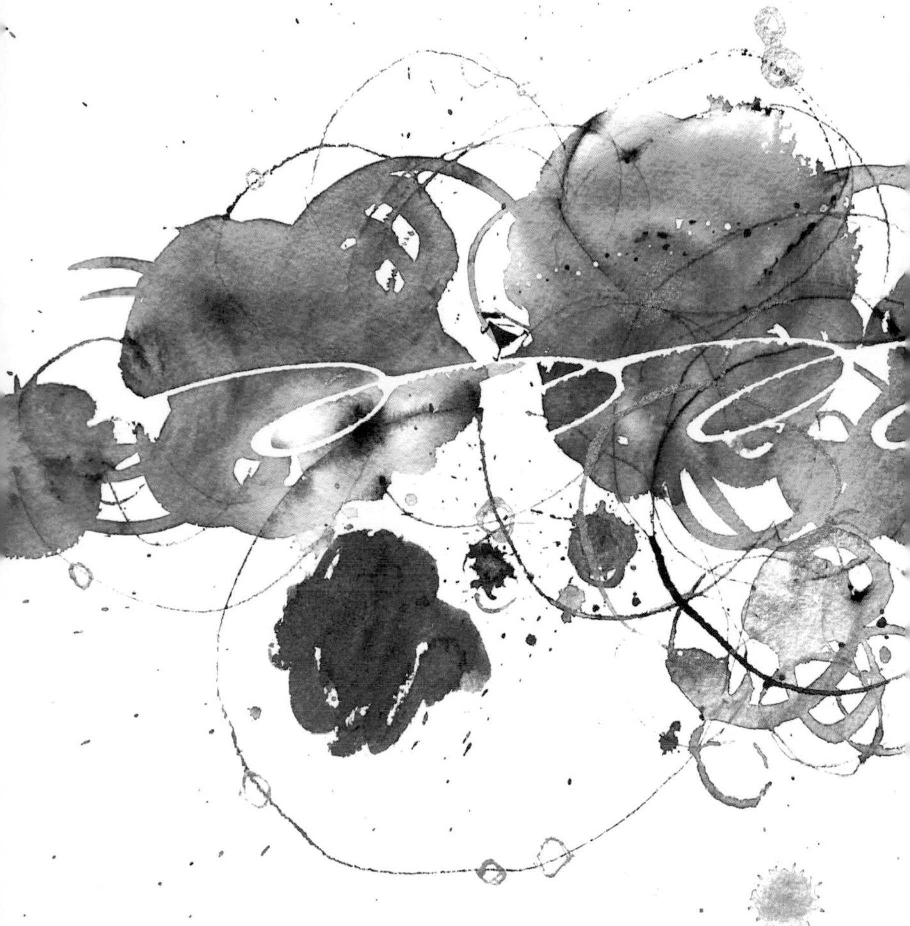

即使看走眼，即使誤以為，對這麼想的人來說，那就是事實。
鏡中的我又是誰呢？

是希望自己呈現在眾人面前的樣子。
可是，就算這樣，
那也毫無疑問是我。

我的鏡子面對你，
你的鏡子凝視我，
兩面鏡子相向時，映出了無盡的迷宮
要是能一起闖進那裡就好了。

映在素面

邁步向前

隨興的旅行
自由又輕盈
即使一個人
內心仍滿足
只憑好奇心
隨意往前走
這白色道路
綿延而持續
彷彿無止境
不俯瞰腳下
只邁步前行

秋日的甜美香氣

我少數擅長的料理之一，就是「柿子果醬」。
打算剝皮吃時，才發現已經熟透，滴滴答答了滿桌的柿子汁。
拿湯匙背部壓扁這樣的柿子，加入檸檬汁攪拌。就是這麼簡單，
簡單到甚至稱不上料理，可是不管淋在香草冰淇淋上，
還是拿來沾麵包或蘇打餅乾，都好吃又漂亮。

可以快速做出果醬的熟透柿子，店裡沒有賣。
買的時候根本沒打算做果醬，只是忙著其他事忘了吃，回過神來已放太久。
回過神來已經變成這樣了。這樣才好。
回過神來已經變成這樣了。這樣才好。

v i t a l

那是丟出去時，希望你也能拋回來的球。

等待回應竟是如此痛苦煎熬的事。
早知如此，還不如什麼都不做，
就不用承受這種心情了。

身體動彈不得，
愈是不願去想，情緒愈是四處亂竄。
只能任由這一發不可收拾的情感擺布，
懊惱不已。

原來自己心中
也會有如此強烈的能量奔騰激盪。
然而，那個曾經對此渾然不知的我，
肯定是再也回不去了。

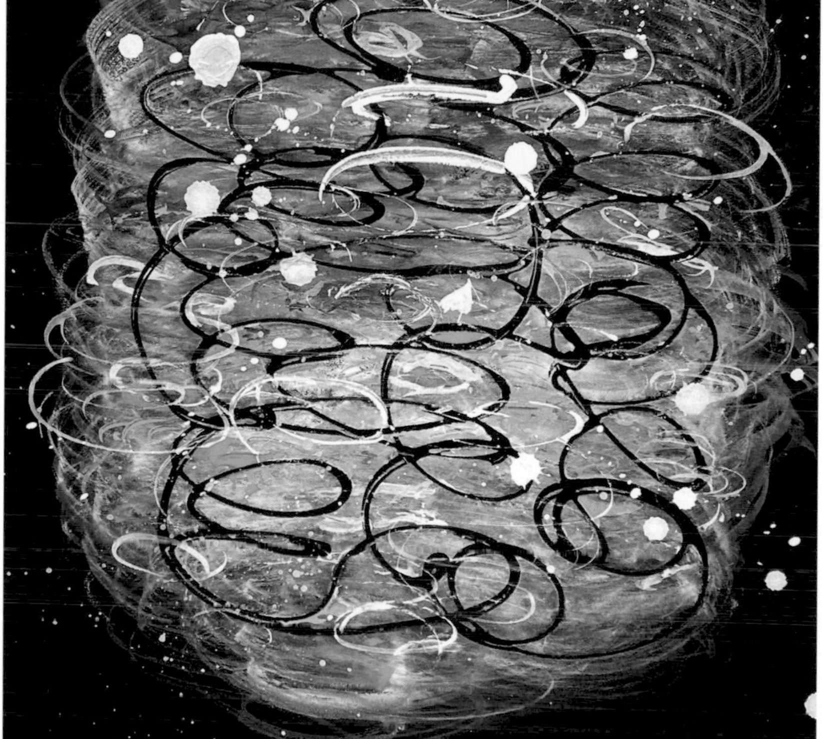

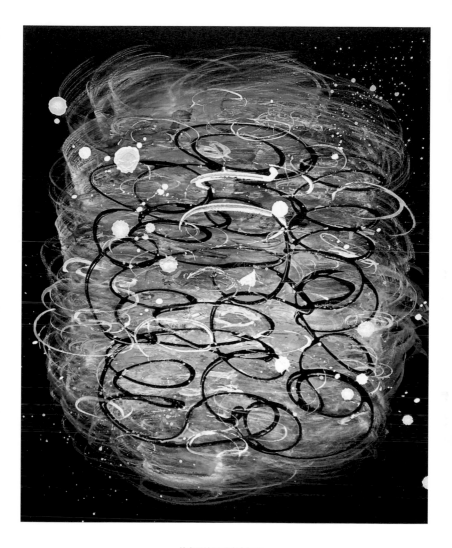

輕輕反彈

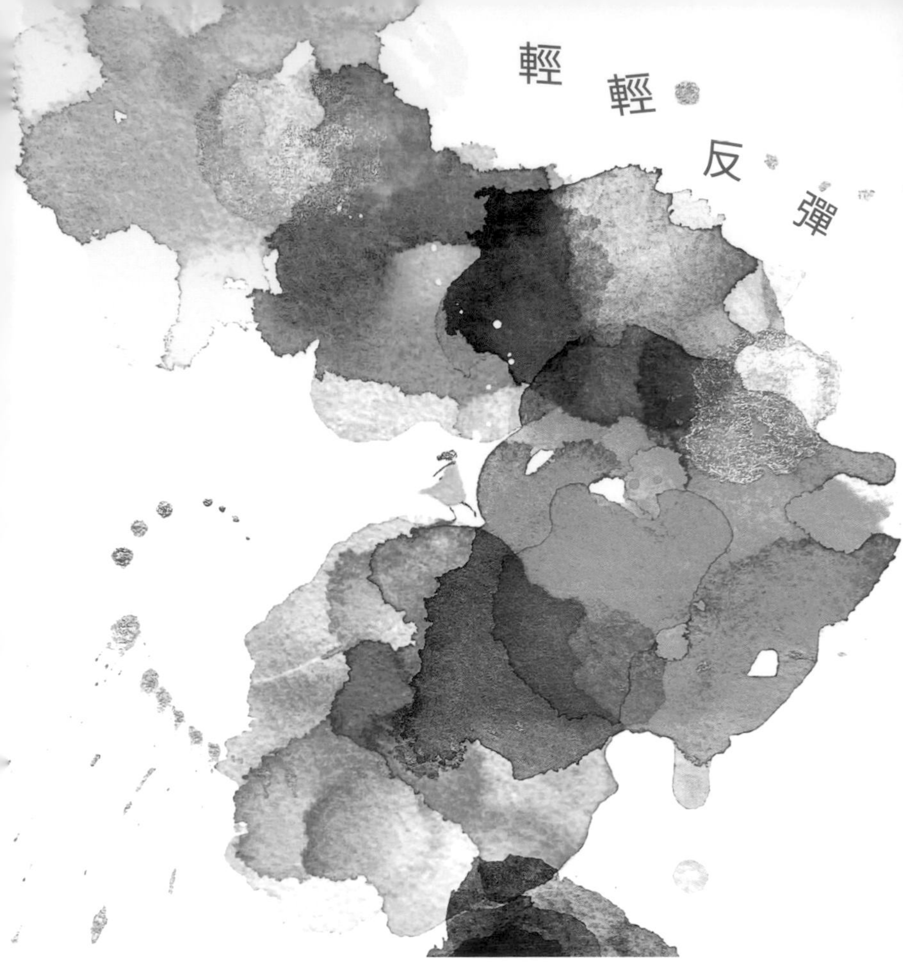

身高抽長。
頭髮抽長。
指甲抽長。

抽長的不是我，是我的身體。
彼此呼應，在色彩繽紛的點上舞動。

因為腳下站立的地方不斷旋轉，
所以停不下來。

我們所有的一切都相連，
全部就是一，一就是全部。

我早就察覺那小小的龜裂。
裝作不知情，巧妙應付過去。
我是故意選擇不修補的。
或許內心暗自希望
那如傷口般的裂縫裂得更大。
因為我知道會有什麼從那裡面長出來。
雖然有點怕。

裂縫

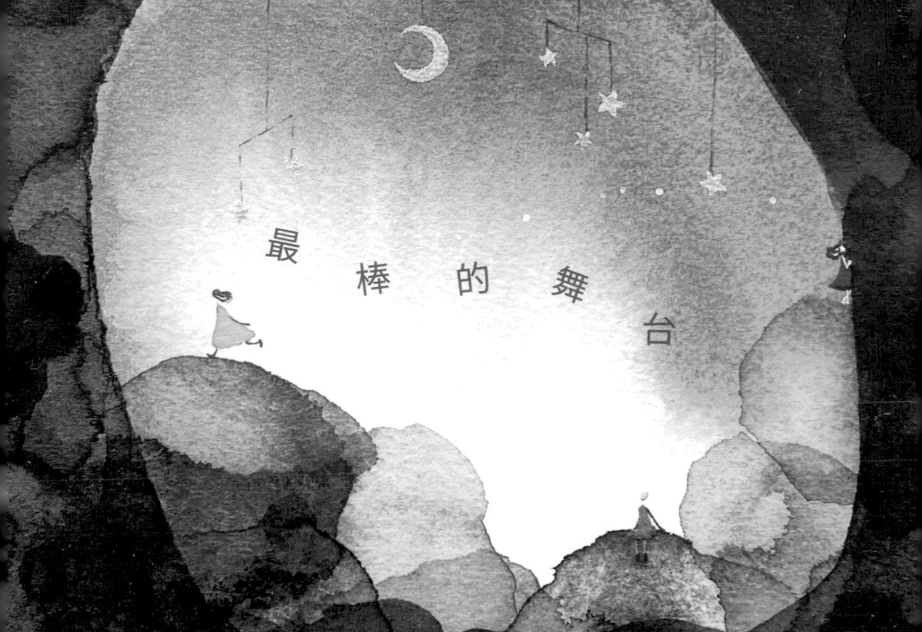
最棒的舞台

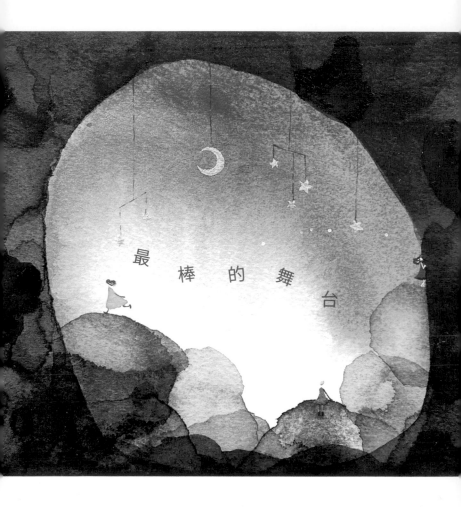

準備好了。

月亮與星星的複製品，就只有現在，絕不容人說是假的。

我站上最棒的舞台，在現實的幻影中嬉戲。

我們能成為任何人，去任何地方。

就連洞窟裡也能是宇宙喔。

當幕一升起，你一定會察覺吧。

察覺坐在觀眾席上的自己，也是這場舞台劇重要的演員。

「遭到過分的對待，不能原諒。」

和

「做了過分的事，真抱歉。」

如果要一直揹負在身上活下去的話，

哪一種比較辛苦呢？

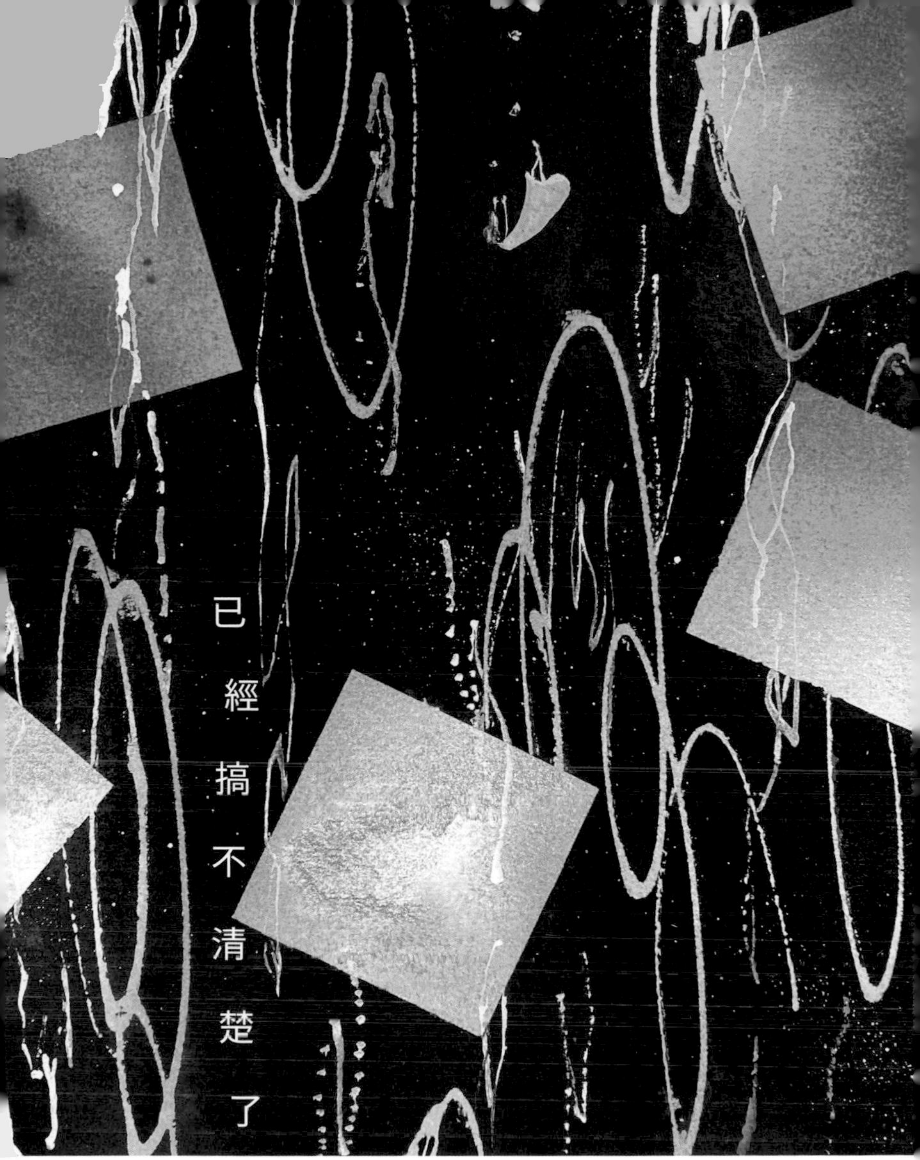
已經搞不清楚了

spontaneous

我這人沒什麼值得一提的長處，
但在舉出你的優點這件事上，
倒是挺有自信的。

與你相遇，
一起歡笑，
對彼此說「加油喔」。
不知為何，這樣的自己令我驕傲。

一直以來，謝謝你了。
平常因為害臊說不出口的心意，
用贈送花束的方式表達。

「嗳、這可是珍藏許久的寶貝喔」這句話，
就是我珍藏許久的寶貝。

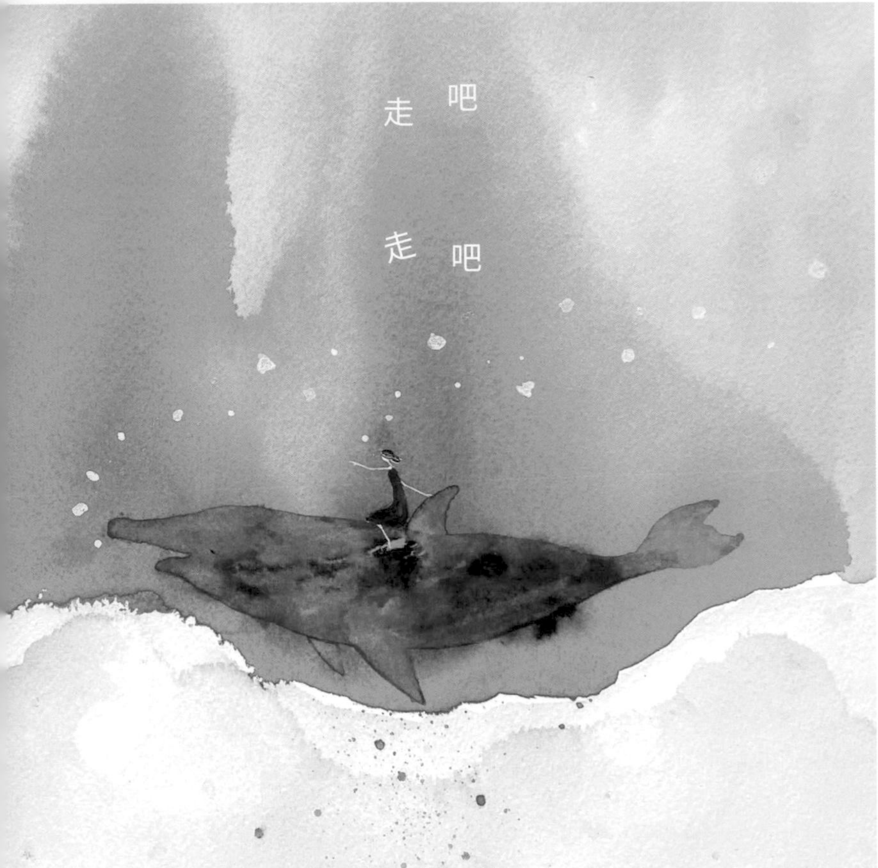
走吧
走吧
哪兒都能去

冒險少不了夥伴。
雖然也有人一開始就講好一起去哪，
半路上順水推舟結伴同行的事，也很常見。

走吧，走吧，哪兒都能去，走吧。

原本以追尋寶藏為目的的旅途，不知不覺改變了形狀。
只要兩個人一起，什麼都找不到也開心。

看不到未來的不安，與已知結局的絕望，同樣都是幻覺。
兩者都未定。一切仍是未知數。

看著小窗外的景色，
我守護只屬於自己的場所，活過只屬於自己的今天。

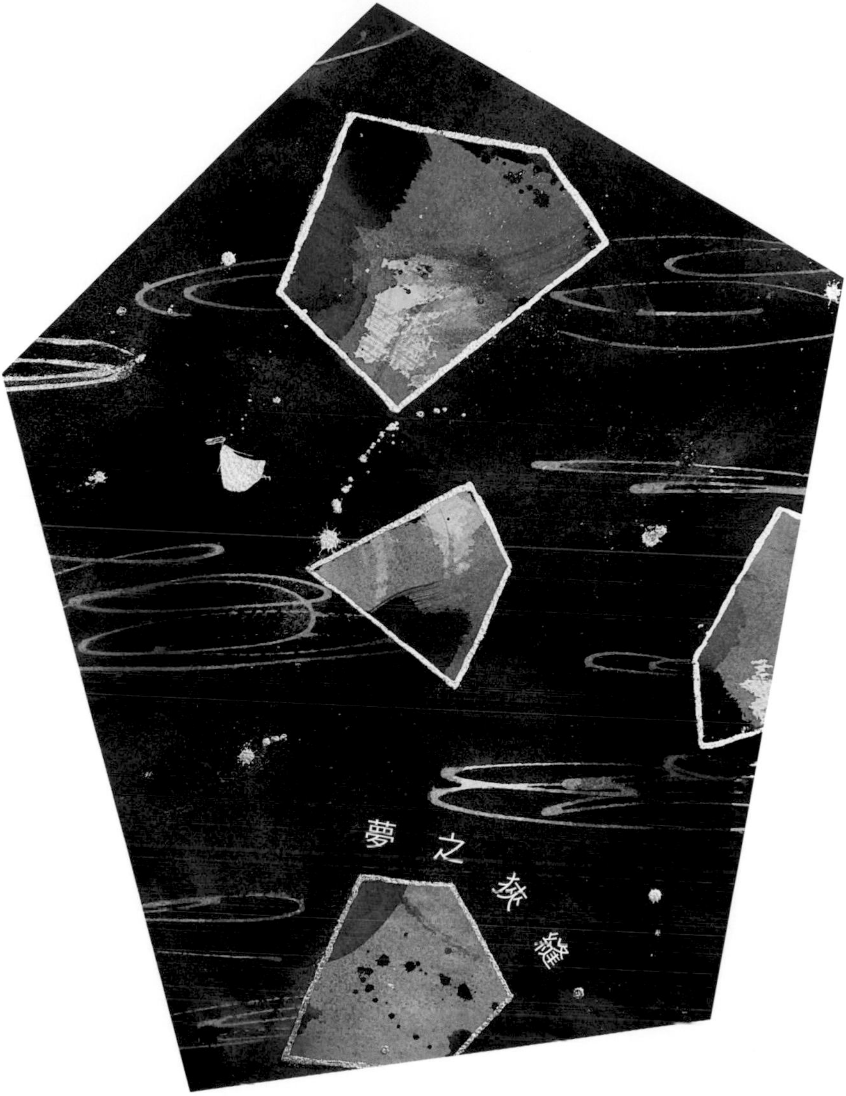

給在既遠又近未來的你

綴字成篇

雖然從不認為「懂的人懂就好」，
倒是一直希望「傳遞給該傳遞的人」。
懷著這樣的心情，我敲打鍵盤。

我所演奏的鋼琴樂音，總會在某個時刻，以某種方式傳遞給誰吧。
不過，就算永遠不知道會在何時、以什麼方式傳遞給誰，我也一點都無所謂。
超越時空，親手交付的音階，是只有收下的人才懂的暗號。
圓圓的地球上，從我指尖流瀉而出的，沒有樂譜的，微弱的，
曾幾何時的樂音。

會幾何時的樂音

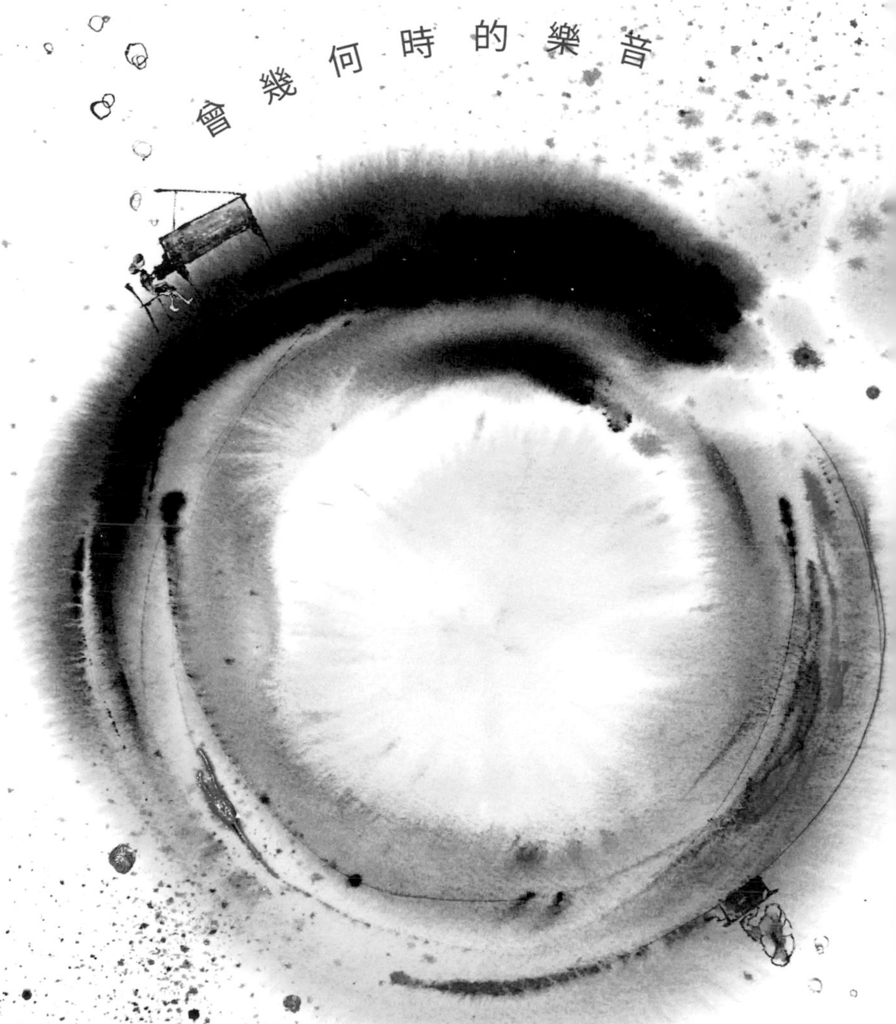

音之瀑

之所以「想要」，
是因還未曾擁有。

想讓自己看起來偉大時的我真的非常渺小。
欲望愈是膨脹，
一直以來小心翼翼守護在身體中央的什麼
似乎就會不斷咻咻咻地萎縮。

沖個冷水澡，想用淋浴的聲音蓋過那聲音。
激烈的水花從頭頂灑下，猛地落在腳邊又飛濺起來。
一邊承受打在身上的冷水，一邊大聲喊叫。

眼神

「不是常有那種說『一切都按照自己想的發展就太無聊了』的傢伙嗎？」

「確實有這種人。」

「我以前啊，老是認為如果一切都能照自己想的發展就太有趣了。」

「你現在看起來也還這樣認為啊，不是嗎？」

「哎呀，你先聽我說完嘛。最近我發現，如果用『希望』或『預期』取代那個『想』，又會有不同的解釋呢。」

「這樣呀。」

「每次看著你，都覺得那不按牌理出牌的地方真有趣。該怎麼說好呢，就像違反了原先的定論。」

「……我又沒想要違反什麼了。」

「我是在稱讚你好嗎，加油。畢竟我自己是個這麼平凡又一成不變的人。」

「就像你每次來咖啡店一定點那杯番茄汁一樣嗎？」

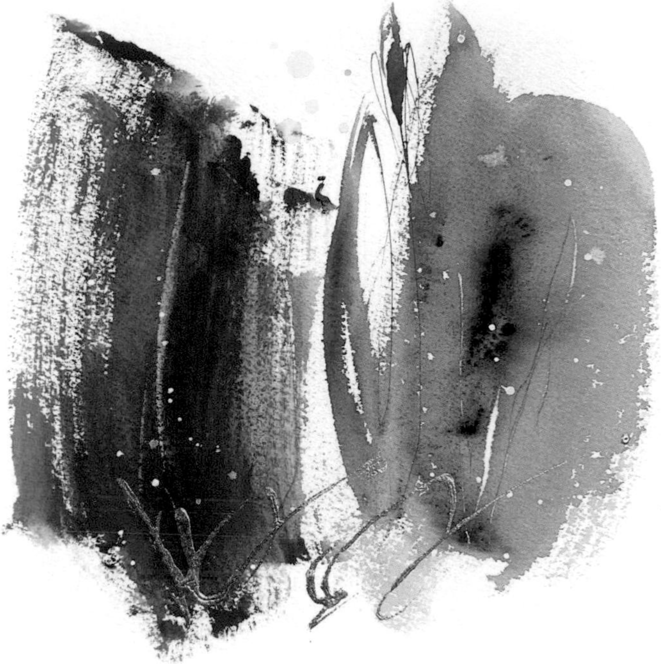

「是啊。你今天喝的是叫蝶豆花茶嗎？我從來不知道有顏色藍成這樣的茶呢。」
「只要加入檸檬汁，顏色還會改變喔。」
「欸？藍色加入黃色……我知道了，會變成綠色！」
「不、是紫色。」
「什麼啊——居然連色彩理論都違反了嗎。真的完全不按照我預期的走耶，不管什麼都這樣。」

戀　慕

只要有
那麼一點想被愛的願望就盡是感到
痛苦。要是能告訴自己只要去愛就好，這樣就
好，那該有多幸福。光是心想「好喜歡啊」就能感到
如此心滿意足。萬一哪天，天地變異，居然真能和你說上
話了，我一定會抬頭挺胸，驕傲地說自己比誰都更迷戀你。
啊，說比誰都更或許太厚臉皮了吧。不過，這是真的啊。我一
直喜歡你，最喜歡你。打從心底希望你笑，希望你開心，盼
望你成功，祈求你健康。支持某個人的心意竟能化為自己
的力量，真是不可思議。我第一次知道世上有如此美
好的現象。從你身上只有獲得沒有失去，明
明我只是支持偶像而已。

選項有無限多個。
但是，
我們在每個當下
總是只能
做出一個選擇。

不可能一次就去到最高最遠的地方，我知道。
一步再一步，像這樣「一點一點前進」，
總有一天會默默開花結果。
我堅信那比什麼都強大的重量，
所以在決定鞋尖的方向時，一定小心謹慎。
像這樣，
用心去做眼前能做的事。

一步的價值

扭轉偏斜糾結纏繞受困卡，卡卡卡卡卡住，這樣也不是那樣也不對，在黑暗之中盲目摸索，宛如墜入五里霧中，那種顏色這種顏色，穿越任何地方的道路是繞了遠路或荒煙蔓草中的獸徑，在九彎十八拐中迷失方向，最後抵達的地方就是我的落點，很好。

來來回回繞遠路

放輕鬆

在逃無可逃的逆境中束手無策時，
與其為了堅強而武裝起心，
不如轉念放鬆緊繃的身體，
要是能有這樣的應變能力就好了。

周遭的人愈是吹鬍子瞪眼睛，
自己愈能深呼吸，放輕鬆。
我想委身於這樣的冷靜之中。

細胞凋亡

那場分離一定不是哪一方的錯，
而是自然且必然，我們無論如何都無力回天。
落葉的時機，早在相遇那刻就已排定了呢。

葉子落盡，光禿禿的樹看上去既哀愁又像凍僵似的。
但是，當季節更迭，鼓脹的花蕾接下來將如何發展，應該沒有人不知道吧。

無論是輕輕滑落的淚水，
還是隨風飛舞的心意，
都會化作新的生命，由今後的我們傳承下去。

現在，只要去感覺彼此胸中確實的脈動就好。
再見，再見，你好。

不小心掉落到某個地方時，等身體不那麼痛之後，
反過來善加利用眼前的狀況，也是個辦法。
對耶，上次的經驗可以運用在這裡。提示早在自己手中。

我們總是一味仰頭往上看，其實腳下也有一片廣闊世界。
正是現在，才能夠將它好好看清。

下一次，主動跳進另一個地方吧。
無可抵抗的重力，說不定也會成為我的助力。

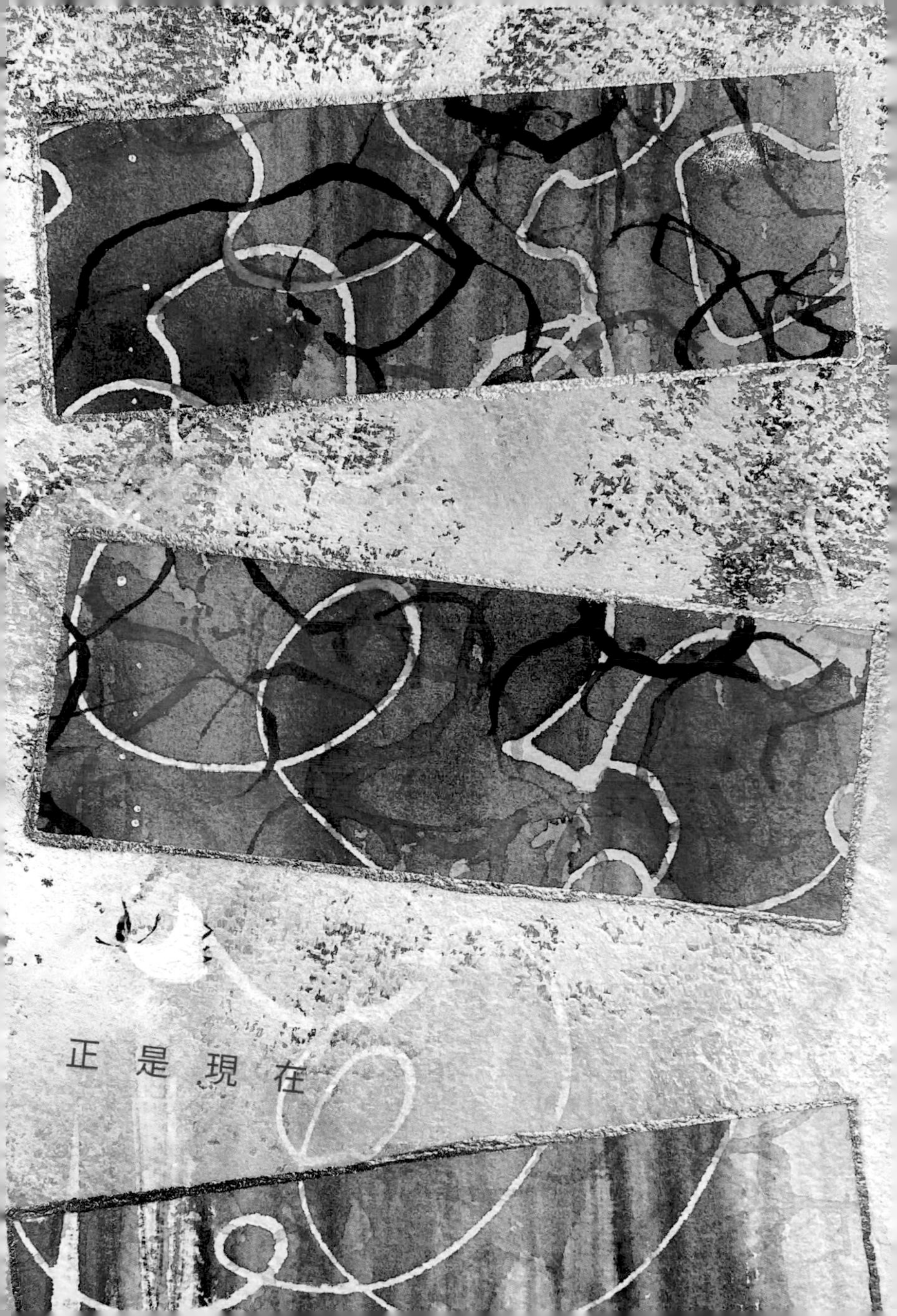
正是現在

不管誰說了什麼，
有時我就是想朝這個方向前進。
在大都會夜景的關愛眼神中，
偷偷擺出蹲踞起跑的預備動作。

自己內心喧騰的聲音，
怎麼可能裝作沒聽見。
那些肯定無人能解讀，
只對我具有意義的詞彙。

霓虹燈使我分心，
我知道那奇妙的燈光有多明亮，多詭異，也知道它多嚴苛。
但是，即使朝反方向跑，只要在抵達終點時張開雙手，就會變成順向。
在這月光朝我招手的深夜裡，
往後伸長的腿奮力朝地面一蹬，
預備——跑！

D i v e r s i t y

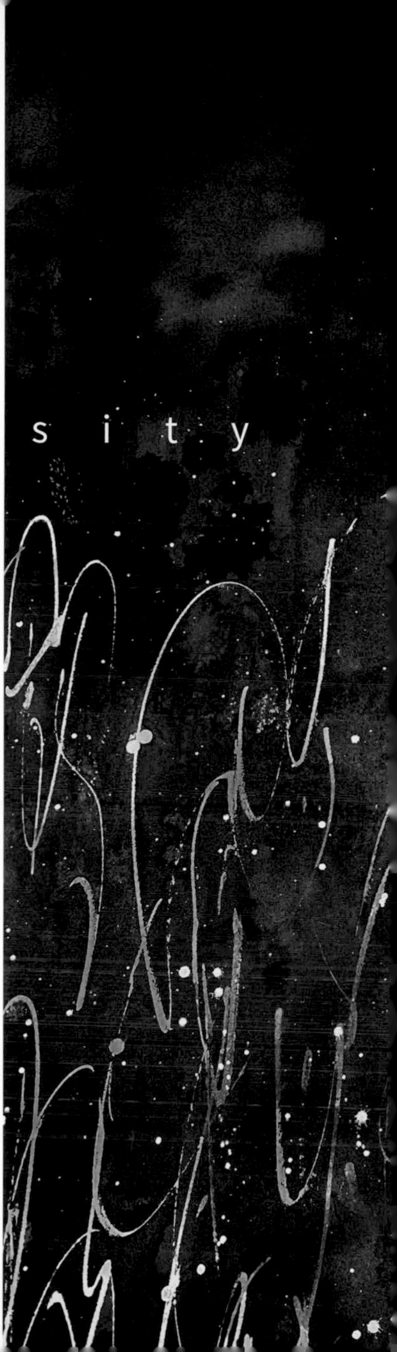

這份無處可依，持續至今的情感，
始終掌握不到，令人心煩意亂，
不知道該說是紛落堆積了，
還是被往上吸走了。

從未停過的單向情感，
沒有激情，不知界線，
漸漸地、漸漸地，變得愈來愈沉重。

一心一意

雖然知道可是

希望對方把自己
放在心上時，
就表示沒把對方放在心上。

明知如此，還是忍不住自私。
我看起來或許像在生氣，
其實只是害怕而已。

所有責備你的話語，
都以驚人的速度和強度反彈回來，打得全身紅腫瘀青，這叫自作自受。

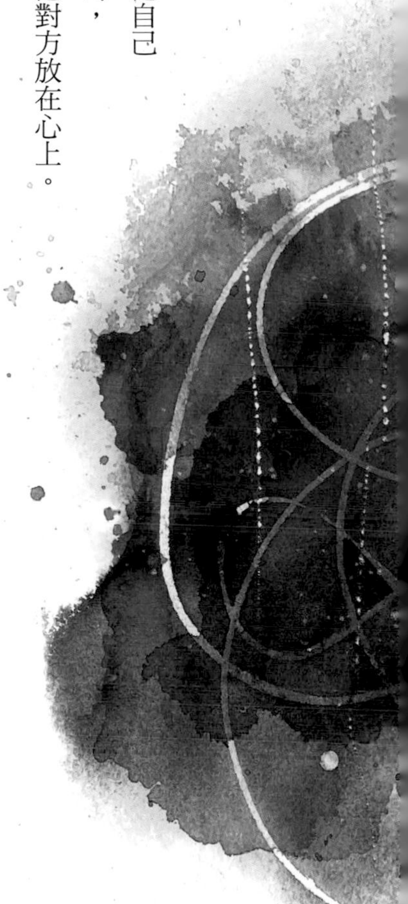

我喜歡海。

話雖如此，我不擅長游泳。只是喜歡看海，喜歡待在沙灘上。

衣服鞋子都穿得好好的，只在海浪翻捲上來的交界處玩水。我喜歡這樣。

海與陸的、夢境與現實的、戀愛與友情的……

害怕、不怕、不怕。可是，終究還是怕。

停留在安全的地方，偶爾提心吊膽。

不過今天，我豁出去打赤腳了喔。

不知哪天會不會就跨越那條界線了呢。即使現在仍然站在擦邊處。

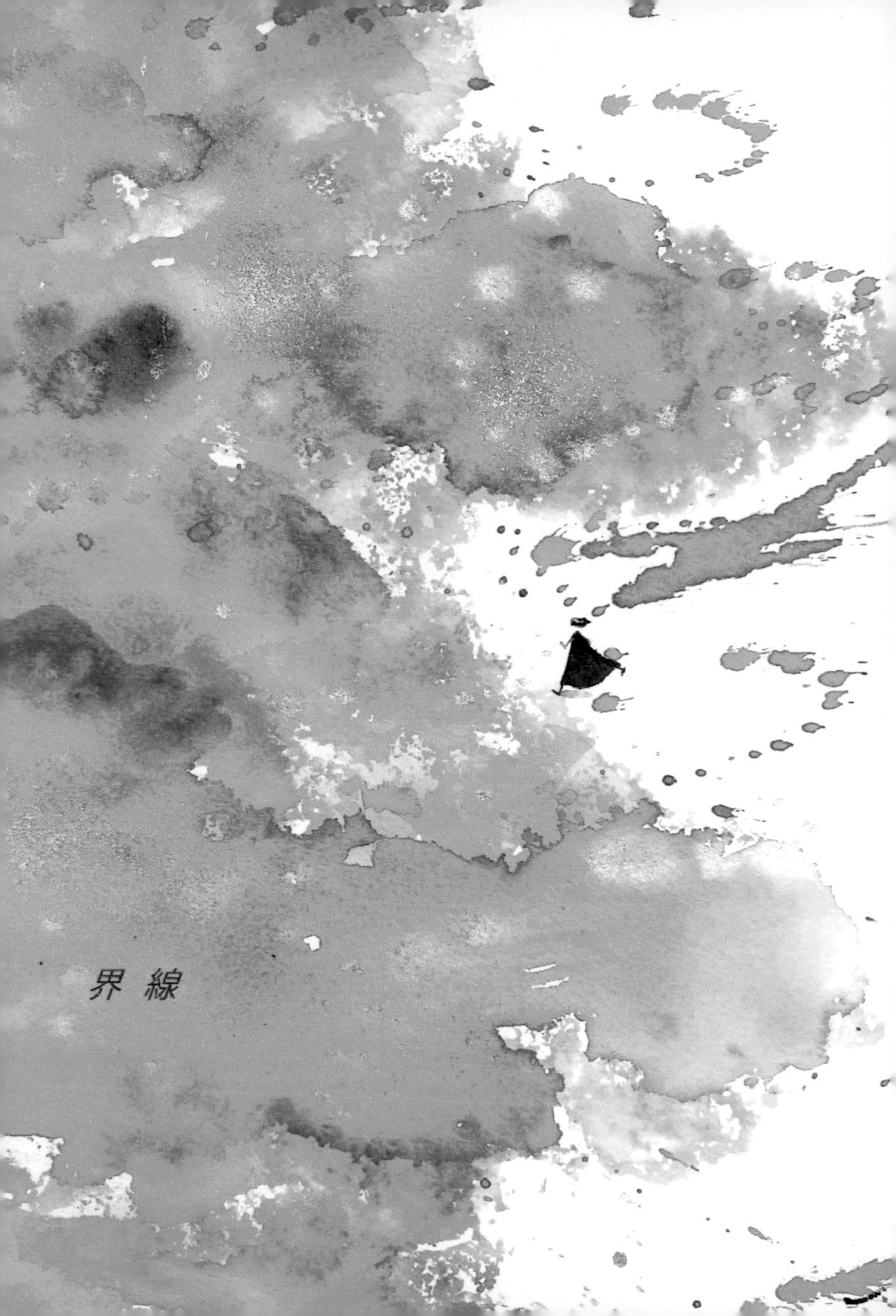

界線

工作上遇到了一些好事。
離開公司時，天色已經全黑，
不只如此更下著雨。
但是，就連倒映在濡濕地面上的街燈
看上去都好美，好可愛。

幸好早上有先確認了
生活資訊節目的氣象預報。
拿出宛如小棍的折傘，
一撐開就變成了一座小帳篷。
圓滾滾的雨珠啪答一聲
像顆發光的糖果掉在我面前。

沒有預定計畫，但今天是個特別的日子。
因為心情是這麼的好啊。

這種時候就會
好想好想好想見你喔。

不過，
光這樣想就已經超開心了，
所以也不錯。

繞遠路要去哪裡，
好像有點想決定又有點不想，
彷彿踩著小跳步往前。
夜晚才正要開始。

從容走向任何地方

傷人的話語停留在心裡，慢慢硬化，
像是永遠深埋在那裡的化石。
不過，令人欣喜的風景也像棉花糖，
因為很快就會融化，
總是一再想起，伸手去拿。

仰望夜空，映入眼簾是濕潤溫柔的漆黑。
我化身月之旅人，在天空中划槳。

封印在月裡的記憶也混入了我的記憶，
但想哭不是因為難過。
黑暗中收下的小小碎片告訴我，
只要去到能去的地方就好。

現在的心情

「噯、有事拜託你。」

「什麼事？」

「要對我說高明的謊言喔。」

「我才不會說謊呢。」

「這個謊言可不太高明。」

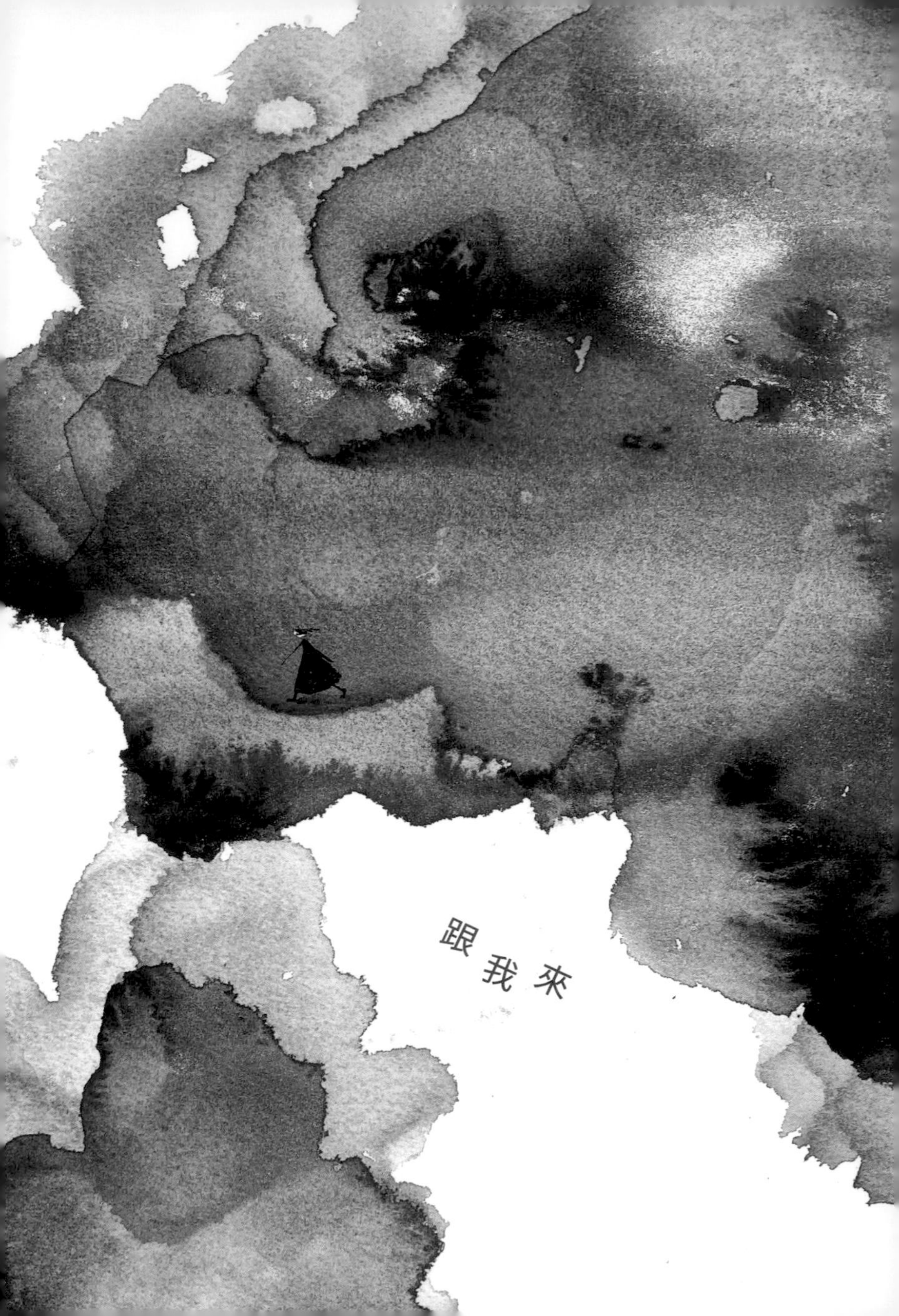
跟我來

我能在你面前展現不裝模作樣的一面，
也能讓你看我逞強耍帥的模樣。

我要化妝打扮，抬頭挺胸，大聲說話。
想怎麼做就怎麼做，大搖大擺向前走，一起去看這有趣的世界吧。

好嘍，跟我來。

即使想起仍要回憶

不該說那種話的。
可是，無論如何都想說出口。
這麼做是對的。

無論如何都想說出口。
可是，不該說那種話的。
不該是這樣的。

我獨自一人在同個地方不斷徘徊。
明明你早已不在這裡。

站在臨界邊緣，我用盡全力求助。
向那些使我停留在這裡的繽紛回憶求助。

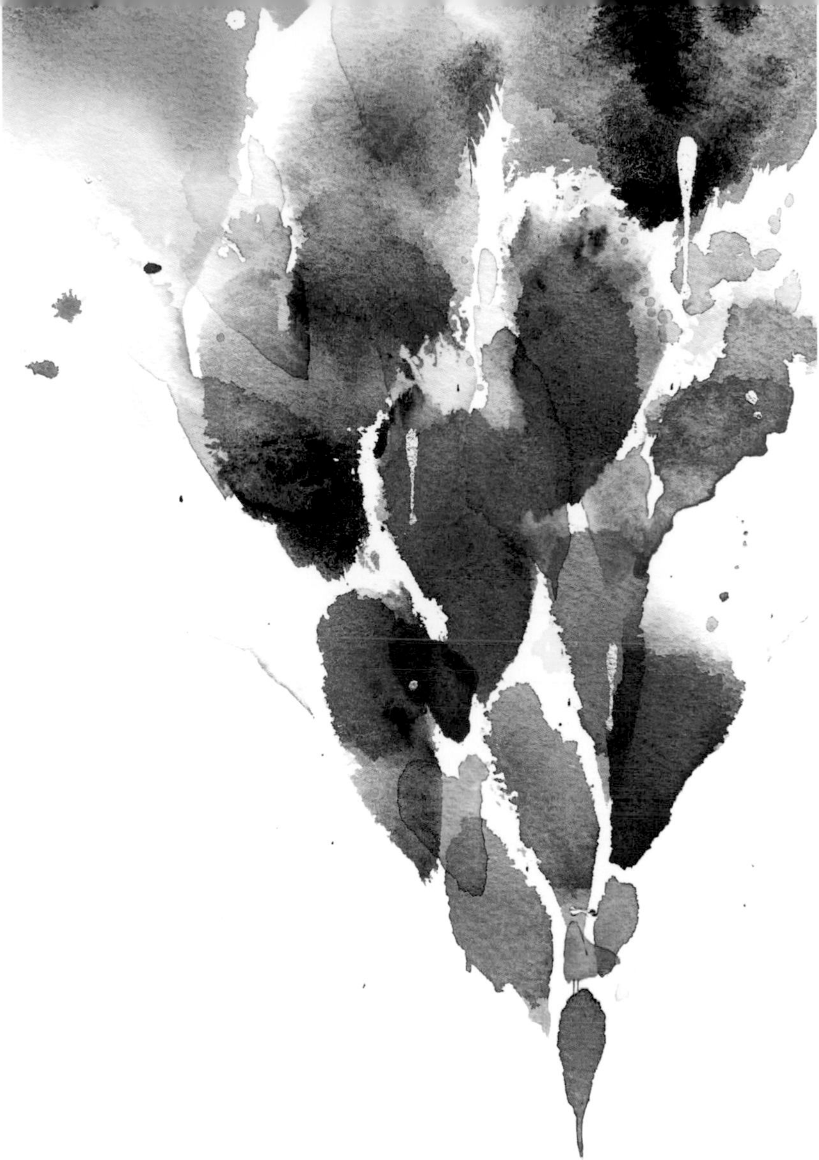

meteor shower

每逢夏日祭典，一定得提早洗澡才行。
因為要穿浴衣外出。
才剛過傍晚就去洗澡，浴室和平常不一樣，顯得特別明亮。
拉開一點的窗戶外面傳來祭典上的樂器聲。
年幼的我一手被母親牽著，
另一手差點拿不住只有祭典時才能吃到的蘋果糖葫蘆。
就這樣空不出多餘的手，抬頭看熱鬧的路邊攤。

機會難得的慶典活動和有限的時間，
把司空見慣的場所重新妝點得如此豐富多彩。
讓人以為夏日祭典結束後，一切都將隨之消失。

不過，好像和我想的有點不一樣。
那些開心的片段回憶，
至今仍像流星雨，帶著閃爍的光芒灑落心中，
為我帶來甜蜜的安適。

只要閉上眼睛，追尋那光芒，
說不定真能許下心願。

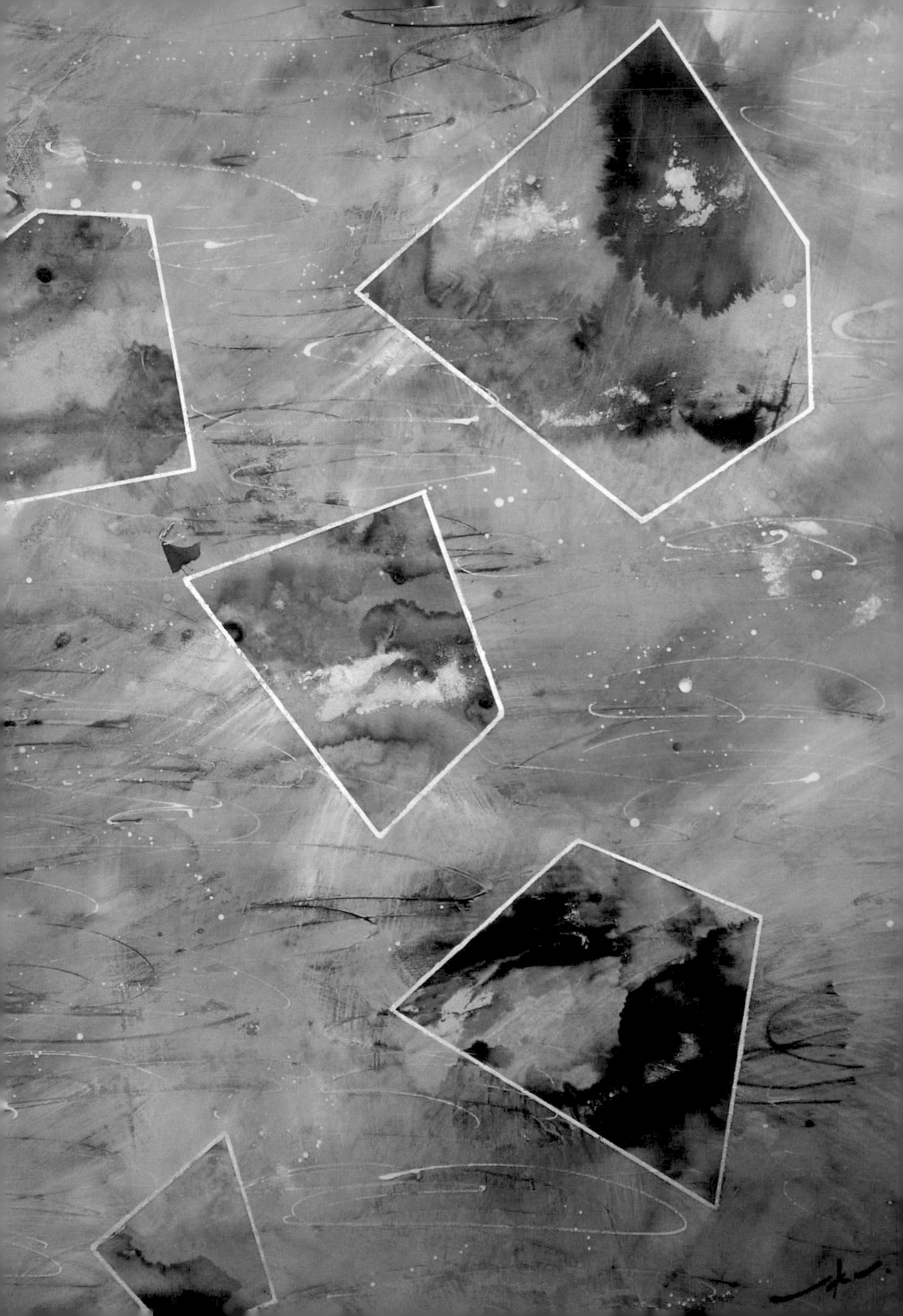

嘗試調和

愛上忒修斯的阿里阿德涅，
為了拯救心愛的人，把指引走出迷宮的線團送給他。
他雖然得救了，她的戀情卻未修成正果。人們無不同情這個神話的結局。

阿里阿德涅啊，妳的心還在痛嗎？
讓我陪妳一起哭，一起憤怒吶喊吧。
忒修斯這個混蛋，真是個渣男。怎麼會有那麼自私的人啊。
盡情哭喊之後，我想用力抱緊妳，告訴妳。

妳的愛情故事，絕對不是一場悲劇。
因為忒修斯他之所以能存活，全都拜妳所賜。
那一定是比戀情開花結果更神聖的事。
沒事的，妳絕對已經累積了獲得幸福的力量。我也是。

阿里阿德涅

嚮往

比我大的女人教會我許多事。

美味的咖哩、領巾怎麼搭配衣服、復古懷舊音樂、美肌秘訣……

當我對不遠的將來感到些許不安時，她就是那個為我照亮前路的人。

眼神充滿確信的她告訴我：

「常聽人說，人生只有一次。可是，我覺得人生可以不止一次。

無論從什麼時候開始，用什麼方式，都可以重新開始。」

我也要在這不知第幾次重來的人生裡，鼓舞自己重新站起來。

想要再多一點勇氣的時候，總會試著模仿她的口頭禪。

嘗試調和

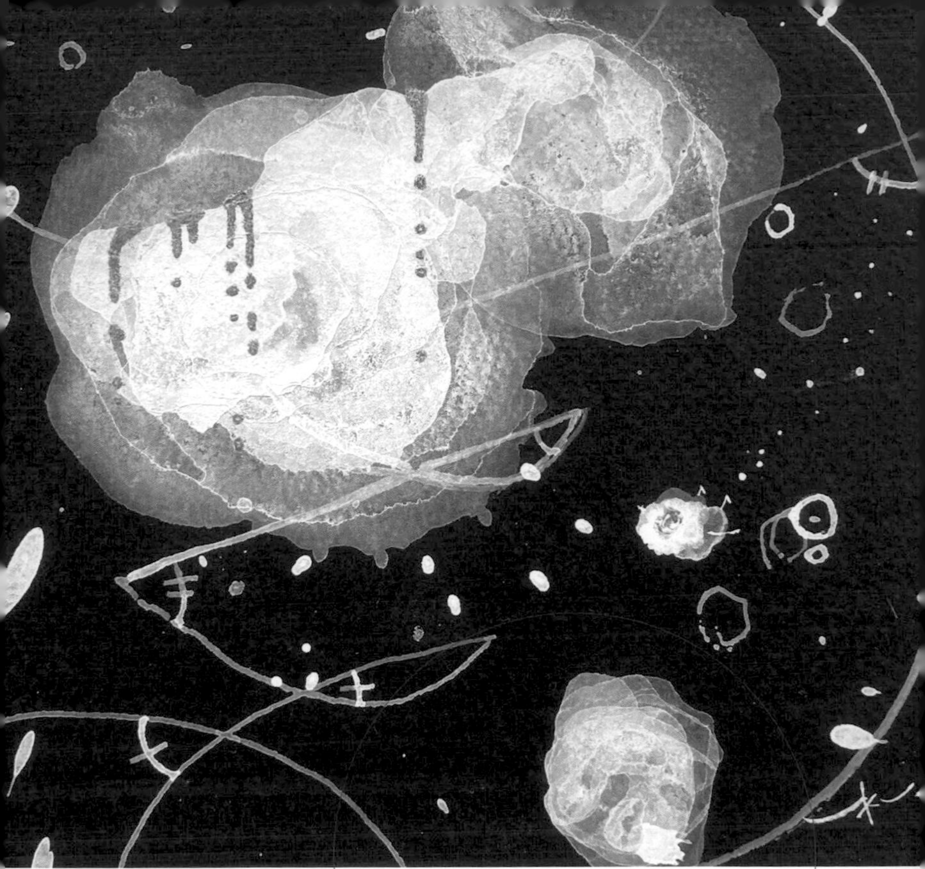

只屬於我的法則

「得到什麼＝失去什麼」。
雖然人們都說這是世間法則，
但那就像一團煙霧，
是個誰也無法清楚說明的證明題。

與其說得到什麼
就會失去什麼，
我倒覺得只是有什麼改變了而已。

甚至，在得到什麼的時候，
偶爾還會跟著得到其他的什麼。
至於這個什麼是好是壞，就先姑且不提。

要解開這道習題似乎還需要一點時間，
不是那麼容易。

想把對你說的謊言全部扔上天空。

兜風的回程，等紅燈時我說那種話，其實是希望挨你罵。
蜷縮在副駕駛座上，一一數著打在擋風玻璃上往下流的雨珠，
彷彿那就是我的工作似的。
不敢看身旁的你有什麼表情。因為你都不生氣啊。

天空啊，拜託拜託，請把我說的話全部全部全部全部沖刷掉。
請原諒我。

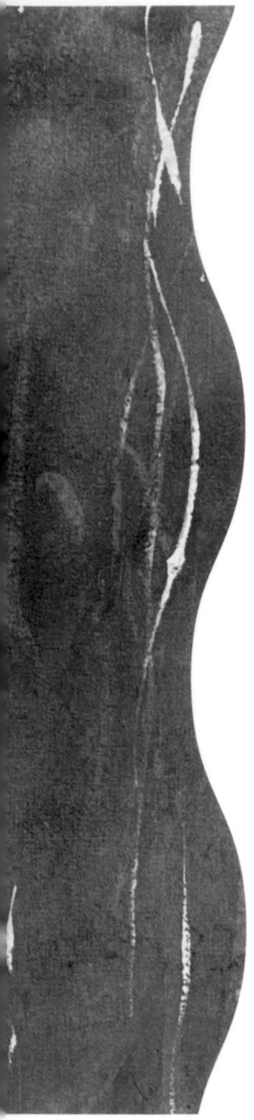

包容一切的天空

在想做的時候做的事，一定會再順利也不過。
就像肚子餓的時候吃的東西總最美味一樣，不是嗎？

順風一鼓作氣推了坐在鞦韆上的我一把，
讓我看見許多原本不認識的景色。
所以，我絕不害怕，要睜大眼睛，用力把腿伸長。

高中時，坐我隔壁的女生
是管樂隊的副隊長。
當老師選了其他人參加她想參加的獨奏比賽，
她一臉了然於心的表情說「沒關係」。
接著又說：
「因為，我知道自己最厲害。」

我有點驚訝，但也很感動。
沒錯，沒錯，就是要這樣才對。
之後好幾次，這句話都拯救了我。
明明已經拚盡全力卻依然受挫的時候，
高中時的那個女生總會砰地跳出來。
「我知道自己最厲害。」
沒錯，沒錯，就是要這樣才對。
儘管早已脫掉水手服，
那雙堅強勇敢又迷人的眼眸，
至今仍為我帶來正向活力。

我知道自己最厲害

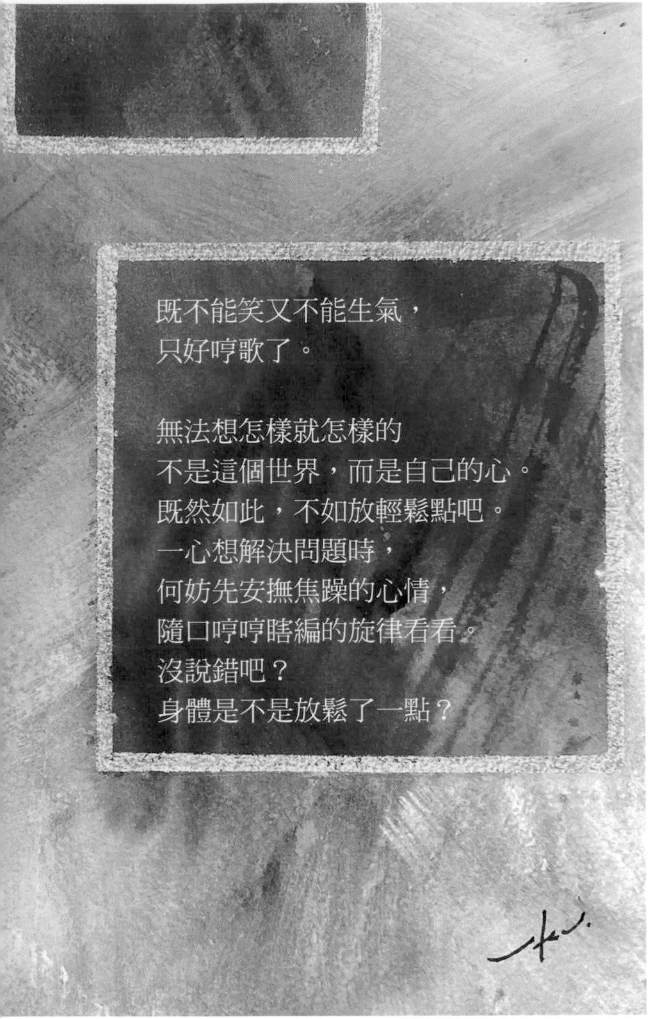

既不能笑又不能生氣，
只好哼歌了。

無法想怎樣就怎樣的
不是這個世界，而是自己的心。
既然如此，不如放輕鬆點吧。
一心想解決問題時，
何妨先安撫焦躁的心情，
隨口哼哼瞎編的旋律看看。
沒說錯吧？
身體是不是放鬆了一點？

哼歌

在無法讓人看見的
只屬於我的舒適空間裡
悠哉拖延時間是一定要的。
古往今來，四面八方，
沒有哪裡沒煩惱，
每個人腦中都有自己的正確答案。

不過，大家都得小心才行喔，
哼著守護自己的歌時，
千萬不能被別人聽見。

take a walk

與其說「向前看」是凝視未來，
或許更該說是在這一刻好好站穩腳步。
「別回頭」指的應該也不是忘記或拋棄過去，
而是讓過去在背後牢牢支撐自己。

沿著河川漫步，思考著這些時，
不經意往旁邊一看。

人、鳥、魚、蟲、植物。

無論我望向何處，那裡一定都
有著誰或某個生命在那裡呼吸。
所謂前後左右的方向，是各自隨心決定的事。

我也是組成這世界的一部分，
有在這裡靜靜呼吸的資格。

承受日光，仰望天空，在風的吹拂下，
一個人慢慢走在這條長長的散步道上。

嘗試調和

生日快樂。
或許你會說「不是今天啦」，但我每天都這麼想。
我們都在這個廣大的世界上誕生，受不知何種緣分牽引而相遇了呢。
這麼一想，不覺得這件事很厲害嗎？
儘管已經沒有母親腹中的記憶，然而，在美麗的羊水包覆下，
我們各自努力成長發育，歷經一番奮鬥來到這世界。
相像的我們，
雖然也搞砸了各種事，有很多缺點，總之無論如何，
還是讓我們為「來到這個世界」這個人生最初也最盛大的奮戰稱讚彼此吧。
生日快樂。能遇見你太好了，真是太好了。

流

從前可以一直看都看不膩

還揹著小學生書包那些年，我總是隨身攜帶奶奶送的萬花筒。每到放學後，就和班上一個女生一起花三十分鐘走到遠處的空地，兩人並肩坐在大大的樟樹下。那個女生平時文靜內向，只有跟我在一起的時候話很多，經常笑，甚至還會開玩笑。每次窺看轉動中的萬花筒，都覺得好像被帶到另一個世界。借那個女生看萬花筒時，她留下一句充滿詩意的感想——「這就是永遠的顏色吧。」不過，後來升學就業，出了社會，我也在不知不覺中遺忘了萬花筒。某天整理儲藏室挖出了它，把自己都嚇了一大跳，久違地湊上眼睛去看。那個女生的名字和長相，我都不記得了。真要說的話，連是否真有那個女生也不確定。說不定那根本就是我自己。轉動手中的萬花筒。噯、這就是永遠的顏色吧。

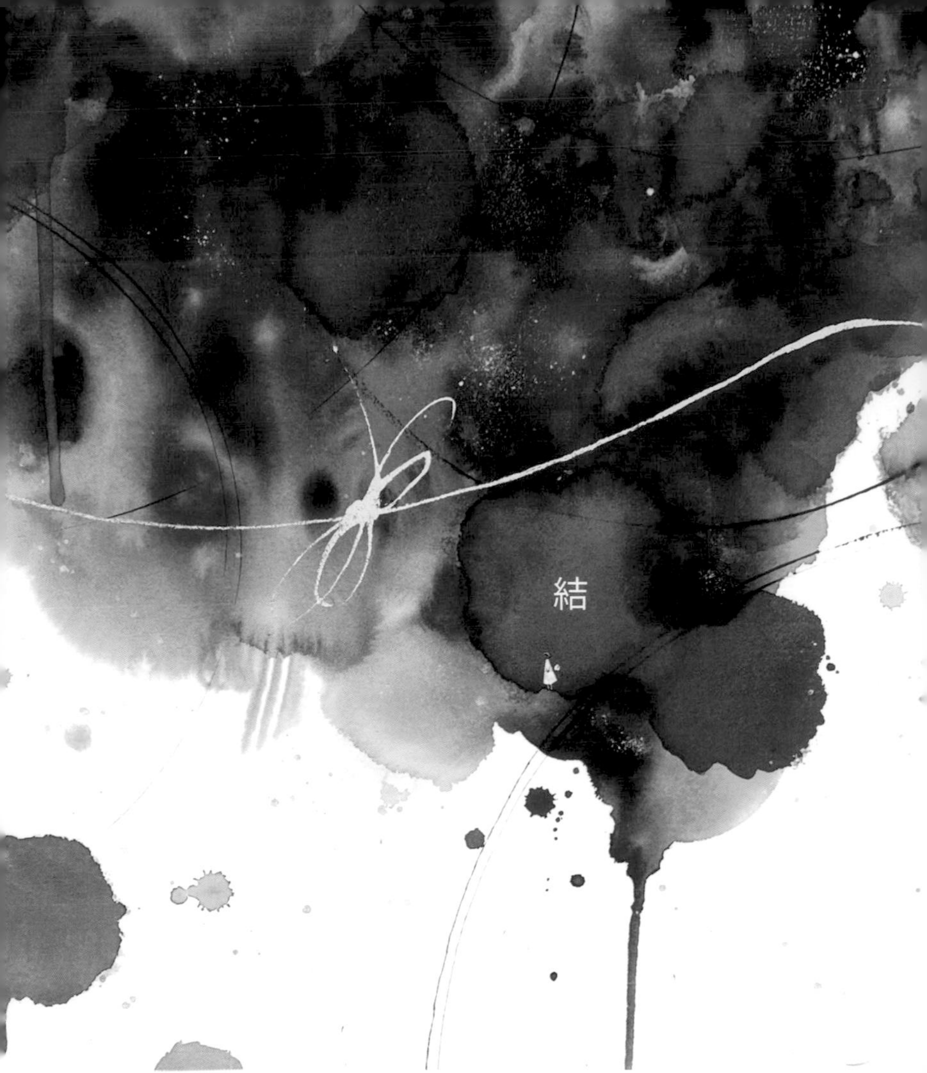
結

謝謝你遵守約定。

相繫，
交會，
結合。

就從這裡開始吧。

下雨天

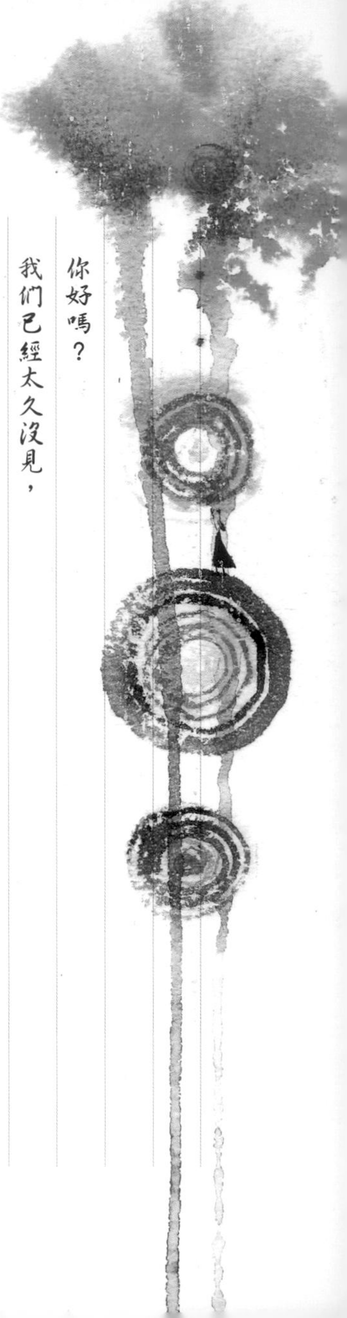

你好嗎？
我們已經太久沒見，
久到甚至必須這麼問候。
你好嗎？
我很好，應該啦。
沒什麼特別的事，也不知道會不會寄到你手邊，
但是，我還是想寫信給你。

今天早上，我被雨聲吵醒。
雨的合奏聲有很多種。
啪答啪答，滴滴答答，淅瀝淅瀝，嘩啦嘩啦，叮叮咚咚，窸窸窣窣。
不過今天早上吵醒我的，是啪啦啪啦的雨聲。

把臉埋在枕頭裡，我聽著那聲音。

那天你說的話，原本我一直不明白。

老實說，其實這種事有過好幾次。我在不明白你話中意思的情形下，

仍回答了「對啊」。對不起喔。

不敢問「那是什麼意思？」的原因有兩個。

一個是，不想被你當成笨蛋。另一個是

因為我害怕。

害怕發現你其實活在一個離我很遠的地方，

也怕當我理解你話中的真意時，

這次換我自己會被推到一個離你很遠的地方去了。

只是今天早上，我在昏暗房間裡聽著大雨的聲音時，

忽然覺得好像明白你說的話是什麼意思了。

啪啦啪啦啪啦。

言語這種東西，總是那麼不可靠，模稜兩可。
有時毫不容情，像雨水般紛紛落下又流走，
所以，無法阻止的我們，也只能任憑記憶的雨點
落在各自心中積蓄。

每當我想起你，想起的未必是你說了哪些話，
更多的是和我聊那些無關緊要的小事時，你拍手大笑的模樣，
或是認真生氣時含淚的眼眶、一沮喪就能看得出來的背影，
以及滿足點頭說「嗯」時側臉的線條。
盡是這些畫面，在我心中浮現又消失。
你大概會笑我只是在美化過去就是了。

下次要是能見到你，
我想說的話，說不定也終於能傳達給你了
你和我不同，一定會追問到理解為止吧。

還是說，你只會默默凝視我？

雨的聲音、味道和氣息，敲著曾經共度那段時光的門。
你是否偶爾也會像這樣想起我呢？
我有點自戀地這麼想著，擱下筆。

忘記可以，忘不掉也沒關係喔。

要過得好好的喔。
我也會過得好好的，應該啦。

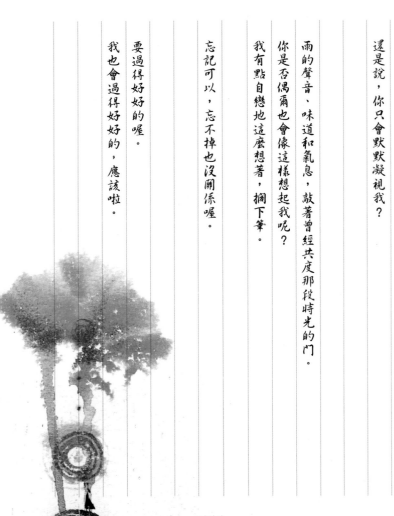

下雨天

版面設計
岡本歌織（next door design）

〈作者簡介〉

青山美智子（Aoyama Michiko）

1970年生於日本愛知縣，目前住在橫濱市。

大學畢業後，進入雪梨的日系報社當記者，在澳洲生活了兩年。回國後前往東京，先任職出版社，從事雜誌編輯工作，之後投入寫作，並獲得第28屆調色盤小說大獎佳作。出道作品《木曜日適合來杯可可亞》獲得第一屆宮崎書本大獎，《失物請洽圖書室》獲得2021年本屋大獎第二名，《靠近你的不是人，是愛情啊》獲得2022年本屋大獎第二名，其他著作有《鎌倉漩渦服務中心》、《神明值日生執勤中》、《月曜日的抹茶咖啡店》等。

U-ku

1989年生於兵庫縣，目前住在橫濱市。

以自學方式開始畫畫，幼年時期曾在美國生活兩年。來到東京後，先在畫具店工作，之後正式成為畫家。2016年於銀座舉行首度個展。2021年獲得「第3屆日本文藝藝術競賽」最優秀獎及「2021美之起原展」獎勵獎、「義大利ARTE DESIGN VENEZIA」亞軍等獎項。目前主要在日本關東地區從事水彩畫家活動。

春日
ハルヒブンコ
文庫
150

我的禮物

マイ・プレゼント

我的禮物 / 青山美智子作 ; 邱香凝譯. -- 初版. --
臺北市 : 春天出版國際文化有限公司, 2024.06
面 ;　公分. -- (春日文庫 ; 150)
譯自 : マイ・プレゼント
ISBN 978-957-741-875-3(平裝)

861.51　　113006739

ISBN 978-957-741-875-3
Printed in Taiwan

Design by Kaori OKAMOTO (next door design)
First original Japanese edition published by PHP Institute, Inc., Japan.
Traditional Chinese translation rights arranged with PHP Institute, Inc.
through Japan Creative Agency Inc.

作　　者　青山美智子
繪　　者　U-ku
譯　　者　邱香凝
總 編 輯　莊宜勳
主　　編　鍾靈

出 版 者　春天出版國際文化有限公司
地　　址　台北市大安區忠孝東路4段303號4樓之1
電　　話　02-7733-4070
傳　　眞　02-7733-4069
E－mail　bookspring@bookspring.com.tw
網　　址　http://www.bookspring.com.tw
部 落 格　http://blog.pixnet.net/bookspring
郵政帳號　19705538
戶　　名　春天出版國際文化有限公司
法律顧問　蕭顯忠律師事務所
出版日期　二〇二四年六月初版

定　　價　380元

總 經 銷　楨德圖書事業有限公司
地　　址　新北市新店區中興路二段196號8樓
電　　話　02-8919-3186
傳　　眞　02-8914-5524
香港總代理　一代匯集
地　　址　九龍旺角塘尾道64號 龍駒企業大廈10 B&D室
電　　話　852-2783-8102
傳　　眞　852-2396-0050